KB037717

# 신라행新羅行

# 신라행新羅行

유자효 시집

Poems by YOO JA HYO

■ 시인의 말

1350년 전 신라 사람들은 어떤 지혜, 어떤 용기로 삼국을 통일했을까요? 6·25 이후 70년, 끊임없는 불안과 도전 속에서 이만큼의 발전을 이루었으나 다시금 격동하는 국내외 정세를 보며 해보는 생각입니다. 이 시집 1부 15편의 시는 신라 사람들을 만나면 물어보고 싶었던 저의 궁금증입니다. 앵무가는 20대 때 쓴 작품입니다. 백제 멸망 이후 지배층은 일본으로 떠났고, 고구려 유민들은 당에 의해 분산되고 그 자리에 신라인들이 들어갔으니 지금 한반도에 살고 있는 사람들은 모두가 신라의 후예들입니다.

우리 생애 초유의 팬데믹 코로나19를 겪으며 시를 썼습니다. 제가 할 수 있는 일은 글을 통한 위로 뿐이었습니다. 이 시집 2부의 시 몇 편은 그렇게 씌어졌습니다.

3부는 처음 겪는 노년의 발견들입니다. 나이 들면서 후손들이 살아갈 세상에 대한 근심이 많아졌습니다. 겪어보니 노년도 가슴 설레는 일이었습니다. 나름대로 저를 지켜 여기까지 왔으니 남에게 폐 끼치지 않고 여생을 완주하고자 합니다.

유자효

# 신라행新羅行

유자효 시집



## 01



## 02

# 03

# 01

# 신라행新羅行 1

천 년을 거슬러 신라로 간다
천 리를 더듬어 신라로 간다
그곳은 찬란한 꿈이 깃든 곳
전륜성왕의 꿈과
부처의 꿈이 함께 깃든 곳
살아 이상향을 이루고자 했던
장부들과 신녀들의 땅
한반도에 사람이 살면서부터
가장 나라다웠던 나라
황금의 나라
대륙의 북방에서 온 사람들과
바다 건너 남방에서 온 사람들이
가족을 이루어 함께 살던 곳
천 년을 거슬러
천 리를 더듬어
찾아가는 신라
언제 돌아보아도 슬프지 않은
자존의 땅
신라 사람들

# 감은사지 사리장엄구

– 신라행新羅行 2

0.3밀리미터의 금 구슬들을 용접해 붙이고
5밀리미터의 얼굴들에 갖가지 표정을 조각한
초미세 예술의 궁극
매보다 밝았으리
그의 눈은
자연보다 정교했으리
그의 손은
대우주의 정성을 다 쏟아부은
아득한 불심佛心
서탑西塔 유리병 속의 사리 한 과가
인도에서 모셔온 석가모니의 것이었다면
동탑東塔 유리병 속의 사리 열 과는
동해에 호국룡이 되기를 자청한 문무대왕의 것이었으리

*왔도다 왔도다
인생은 서러워라
서러워라 우리들은
공덕 닦으러 왔네

---

* 양지 스님의 풍요風謠. 스님은 감은사 사리장엄구를 만들었다고 전한다.

살아 백 년
죽어 천 년
신라 사람들

# 금강金剛의 빛

- 신라행新羅行 3

왕의 할배는 장성長城의 밖
추운 나라 흉노匈奴를 다스렸었네
해 뜨는 동쪽까지 말 타고 와서
꿈꾸던 나라
서울의 집들은 기와를 덮고
신화는 흘러 노래가 되고
서역의 사람들이 배 타고 오던
아득한 비단길
끝이자 시작

*셔블 발기다래 밤드리 노니다가
밤에 들어와 보니 가라리 네히로라

그들도 장사를 하고
벼슬을 하고
여인을 만나
자식 낳아 기르며
사람 살던 땅 위에 이룬 도솔천
정녕 금강의 빛이었구나

---

* 처용가

기파랑의 나라
원효의 나라
김유신의 나라
신라여

# 신라는 죽지 않는다

- 신라행新羅行 4

2천 년 전에서 천 년 전처럼
늠름한 낙동강 푸른 물처럼
서라벌에서 개경으로 그리고 한양으로
수도는 바뀌었어도
고려에서 조선으로 그리고 대한민국으로
이름은 바뀌었어도
신라는 결코 죽지 않았고
이를 잊지 않는 한
버리지 않는 한
조각난 한민족의 마음을, 뭍을, 물을, 하늘을
끝내 하나로 아우를
단단함이여
우리 신라여

# 변경

– 신라행新羅行 5

신라의 변경을 지나서 왔다
통영에서 서울까지
국경을 따라서 왔다
병사들의 함성 어린 산하를 거쳐서 왔다
언제 평안할 틈이 있었던가
전쟁이 일상이었던 시절
끊임없는 환란과 피난 그리고 죽음
그것을 잠재운 것이
비로소 긴 평화를 누릴 수 있었던 것이

*열치매 나타난 달이
흰 구름 좇아가는 곳 아닌가

우뚝한 신라 사람들
절정의 정신

---

* 찬기파랑가

# 왕의 곤충

- 신라행新羅行 6

비단벌레 찬란한 날개로 장식한 말다래
천마를 타고서 간다
날아서 간다
왕은 살아 육신의 세상을 살고
죽어 신령이 됐다
천 년의 시간을 건너
무덤에서 빛을 뿜는
초록 비단벌레
그대의 주인은
분명 살아 역사였음을
무지개 빛 광채로 보여주는
아득한 전설

# 청조가靑鳥歌

– 신라행新羅行 7

나는 너와 부부가 되기를 원하였으나
너는 이제 남의 아내가 되었으니
나는 한 마리 푸른 새 되어
너의 배를 빌어
나의 아들을 낳으리

영혼으로 정인情人의 꿈에 나타나
자신의 아들을 갖게 했으니
그 아이는 정녕 누구의 자식이 되는 것인가

싸움터에서는 선봉이 되어 공을 세우고
상으로 받은 노비는 풀어주고
전답은 병사에게 나누어주고
어머니와 사통한 친구를 용서하고
그 친구가 죽자 7일 동안 통곡하다 숨진

그가 지상에 머문 시간은 17년이었으나
죽어 영생을 사는
풍월주 사다함이여

# 미륵의 시대

- 신라행新羅行 8

오늘의 한반도는 나를 지배하지 못한다
나는 살아 삼한일통三韓一統을 이루고
죽어 동해의 호국용護國龍이 된
문무대왕의 치세治世에 살고 있기 때문이다
그 무엇도 나를 굴복시키지 못한다
나는 세계제국 당唐과 대업을 이루고
함께 하지 못하는 승자의 세계를
당당히 힘으로 쟁취한 시대의 신민이기 때문이다
나의 주인은 나다
나는
부처의 나라
미륵의 시대를
살고 있기 때문이다

# 금金의 고리

- 신라행新羅行 9

일찍이 문명의 여명기에
영원불멸의 가치
금을 따라
동으로 동으로 온 사람들
코카서스에서
카스피해에서
바이칼에서
시베리아의 초원을 건너
황금의 길을 따라온
황금의 인류
그들의 성씨도 금金 씨
그 아득한 연결의 고리
금의 고리여

# 김대성

– 신라행新羅行 10

부모도 넷을 모셨다
이생의 부모
전생의 부모
살아 봉양하다
떠나가시자
네 부모를 위해 절을 지었다
떠나신 부모를 위한 최상의 효도
그것은 부처의 나라에 모시는 것
가난한 사람들은 마음에 절을 짓고
탑을 돌았다
그리운 부모
만나기 좋았던
밝은 밤
정월 대보름

# 백두대간

– 신라행新羅行 11

호랑이와 표범과 늑대의 터전
그들과 함께 살면서
대화하고
정을 나누고
사랑도 하고
사냥도 하던
속 깊고 용감한
신라 사람들

*어느 가을 이른 바람에
이리저리 떨어질 잎처럼

누이의 죽음도
백두대간 생명의 한 사라짐
이 땅에서 함께 살던
모든 생명을 기리고
아파하던
그리운 이들
신라 사람들

---

* 월명사의 '제망매가'

# 신라인

– 신라행新羅行 12

신라의 강토로 들어서니
부드러우나 강한 기운이 보인다
호국의 땅
6·25 때도 공산군이 끝내 범접하지 못했던
낙동강 동남
신라는 한국이다
한국인은 신라인이다
그들이 한반도 동에 살던 서에 살던 남에 살던 북에 살던
그들은 모두 신라인이다
끝내 이 땅을 지켜낸 신라인
부드러우나 강한
신라의 힘

# 그리운 신라

- 신라행新羅行 13

내가 그대를 생각하면 나무들은 그대 쪽으로 눕고
그대가 나를 생각하면 나무들은 내 쪽으로 누우니
미륵도 관음도 만나고
미륵도 관음도 되던
앉은 그대로 허공으로 솟구쳐
곧바로 서방으로 사라지기도 하던
사람과 짐승이 하나 되고
삶과 죽음이 하나이던
꿈의 정토
그리운 신라

# 미륵보살 반가사유상

– 신라행新羅行 14

안아보고 싶습니다
부처님
암사슴 같은 허리를 팔로 감고
풍만한 둔부를 어루만지고 싶습니다
생각의 즐거움
알 듯 모를 듯
엷은 미소 띤 얼굴에 입술을 대고
지그시 감은 두 눈 속의 깊은 세계를
함께 유영하고 싶습니다
부처님
그러나
56억 7천만 년 뒤에 오신다는
60억 차례 윤회를 해야 만날 수 있는
끝내 만날 수 없는 시공 너머 저 멀리
까마득한 모습을
황홀하게 빚어낸
신라인들의 절망적 사랑
이룰 수 없는 꿈이여
오, 아름답고 고귀한

그러나 가질 수 없는 비극
그것이 깨달음입니까
나의 부처님

# 앵무가

– 신라행新羅行 15

*앵무 한 쌍이 보내져 왔다. 암컷이 죽자 수컷이 매일 울어 거울을 앞에 놓아 주었더니 제 짝인 줄 알고 쪼다 죽었다. 왕이 슬퍼하여 앵무가를 지었다. 하나 그 가사는 전하지 않는다.

1

황금의 조롱 속에 있었기에 네가 행복했던 것은 아니다
한가한 왕의 어깨 위 비취가락지가 곰실대는 그 손가락에서 받아 쪼으던
한 줌의 모이 때문에 네가 행복했던 것도 아니다
뭇 시선들은 네 찬란한 옷깃을 찬탄하였다
네가 실려 온 서녘의 바람
저절로 꽃이 맺고 풀이 이우는 그 땅의 정령들을 노래했을 때
왕녀의 한숨은 그녀의 하이얀 옷깃을 타고 하염없이 흘러내렸다
정원수의 가지 위에 너의 짝과 나란히 앉을 때며는
너희들의 수줍은 사랑을 건드리지 않으려 사람들은 발소리를 죽여 걸었다

---

* 삼국유사 권2 흥덕왕조

흔들리는 나뭇잎이 짙게 드리워 간간이 너희들을 놀라게 하는
반짝이는 햇살의 파편들밖엔
향수도 너희들을 흔들지는 못했다
아침마다 제일 먼저 맺히는 이슬을 따서
너의 짝을 잠 깨우는 섬세한 배려

2

그날따라 우레가 울었던 것은 아니다
한 방울의 비 소란스런 바람도 없는
하늘에는 묵묵한 성좌의 운항
아침이 그 출렁이는 휘장을 땅 위에 드리우자
너는 움직이지 않는 너의 짝을 발견했을 뿐이다
부리로 쓰다듬어도
나래로 어지러이 퍼덕였어도
잠에서 깨어나지 않았을 뿐이다
티끌만한 움직임도 없는 안타까움을
새어, 끝끝내 너는 몰랐을 뿐이다

3

바람이 어둠을 거두어 가면
너는 언제나 그만한 거리 밖에서
내가 부르면 너도 부르고
아득한 그리움으로 바라보며는
네 눈에 안개처럼 어리는 슬픔
그러나 너와 내가 달려들어 부리를 대면
머리를 나래를 몸뚱어리를
차디차게 막아서는 소리 없는 벽
밤이면 무심히 허공으로 번지어
홀로 피 흘리는 목쉰 부르짖음
다시금 아침마다 열리어지는
숨찬 해후에 목이 메이는
그 미친 소용돌이 불길 속에서
너는 언제나 그만한 거리 밖에서
왜 뛰쳐 나오지 못하였을까

4

네 한 줄기 가벼운 바람이 되어
포롬한 연기가 되어
이슬 맺힌 풀잎 하나
산길에 스스로 진 꽃송이까지
찾다가 부르다가 헤매이다가
다시금 부서지는 파도의 성
그 피안까지 쉬임없이 날아가다가
명부의 어느 가장자리쯤
매운 독초의 그늘 아래서
그리운 너의 짝을 다시 본다면
기막힌 서러움을 어찌할까나
네 자진自盡해서 어찌할까나

# 02

## 우국憂國

비가 온다
바람이 분다
천둥 번개도 친다
가끔 해가 비치면
폭염
병이 도는데
사람들이 죽어가는데
갇혀 있는데
늘 화를 내고
싸우는
내 나라의 슬픈 여름
애닯다

# 보복

내 그럴 줄 알았다
동물들이 사는 곳을 파괴하고
못살게 괴롭히고
죽이고
끓여 먹고
튀겨 먹고
날로 먹고
온갖 모양으로 요리해 먹고
심지어는 숨어 사는 동물이나
그 애벌레, 알까지도 다 찾아내 잡아먹더니
새끼를 키우기 위한 젖까지도 다 짜가더니
그 무분별한 대가를 치르게 될 줄
공기 같은 미물에게 처절하게 당하다니
인간 세상이 멈춰서다니
그럴 줄 내 알았다

# 요즈음 1

오랜만에 기별이 왔습니다
비바람을 뚫고 젖은 몸으로 가서 만났습니다
살아 있었군요
눈물이 핑 돌았습니다
죽은 사람들 이야기도 하였습니다
젖은 마스크 속에서
웅얼웅얼 몇 마디를 나누고
귀가하기 위하여
다시 비바람 속으로 들어갔습니다
우리의 실존은 이렇습니다
추위에 떨고 외롭습니다
2미터에 사람 하나씩 서 있습니다
요즘은 사람을 보면 무섭습니다
사람을 무서워하는
나 자신도 무섭습니다
옷을 벗어 말리며
쿨럭 기침 한 번에
와스스
떠는 요즈음

# 요즈음 2

잠을 자는 것입니까
깨어 있는 것입니까
밤에도 자주 잠을 깹니다
눈 오줌을 또 눕니다
낮에도 깜박깜박 잠을 잡니다
조느라 전철 역을 지나서
되짚어 돌아옵니다
꿈이 짧아졌습니다
꿈을 꾸었다는 것마저 금방 잊지만
짧은 잠이나마 잘 기력이 남아 있음에
고맙습니다
감사합니다

# 비말飛沫

사랑한다
이 말 한 마디에
그렇게 많은 침방울이 튀는 줄 몰랐네
그 비말이 그대 입 속으로 코 속으로 들어가는 줄 정녕 몰랐네
나 너를 사랑해
입을 맞출 때는 행복했건만
평소에 침방울이 튀게 해서는 안되지
중국발 폐렴이 그렇게 옮긴다니까
폐렴뿐이겠는가
사랑하지 않으면
말조차 비말이 돼 병이 되니까

## 역병

인간은 약하다

많은 책을 읽고

많은 곳을 다니고

많은 사람을 만났건만

눈에 보이지도 않는 바이러스에

속수무책으로 당한다

나는 무지하다

아내랑 밥을 먹었던 식당에

같은 날

우한 폐렴 환자가 밥을 먹었다는 것을 신문을 보고 알았다

내가 가끔 들르는 출판사 근처 교회에 환자가 나타나 폐쇄된 것을 듣고 알았다

내가 타고 다니는 지하철에 누가 함께 가는지 알 길이 없다

인간은 우주를 꿈꾸지만

보석처럼 반짝이는 저 별들에

실은 어떤 엄청난 위험이 도사리고 있을지

우리가 오래 살아 잘 안다고 자부하는 이 별에서도

이처럼 속수무책 당하는 것을

# 바람

바람이 불면
문득 그대가 그립다
바람 같은 병이 무서워
나는 그대를 찾지 못한다
바람을 만나지 못하면
우리는 죽고
잊혀져 갈 것이다

무도無道한 세상

# 아픈 세상

세상이 아픕니다
병든 세상을 사람들이 마스크를 쓰고 다닙니다
세상이 병들었는데
마스크 한 장으로 자신을 지킬 수 있다고 위안합니다
겸허하라고 서로 사랑하라고
세상이 앓아가며 아무리 외쳐도 사람들은 싸웁니다
마스크를 쓰고서도 싸웁니다
자신이 이미 병들어 있는지도 모르고
탐욕에, 미움에
골수까지 파먹혀 들어가고 있음을 모르고
남은 날이 얼마인지도 모른채 악착같이 싸웁니다
병든 세상이 얼마나 버틸 수 있을까요
세상이 무너지는데
마스크만 쓰면 된다고
마스크를 쓴 채 죽어가면서도 끝까지 싸우겠지요
세상이 아픕니다
시간이 얼마 없습니다
세상의 병부터 고쳐야지요
부디 고쳐야지요

# 코

중국 우한발 신종 코로나 바이러스가 쳐들어오자 갑자기 코가 중重해졌다

모두들 마스크로 코를 감싸고 다닌다

코를 만지려면 손을 깨끗이 씻고 만지라 한다

그러다 보니 잊고 살던 코가 어느 날 갑자기 콱 막히면 냄새도 못 맡고 끝내는 세상과 하직하는 수도 있겠다

그렇게 소중한 코

마스크로 잘 싸서 모시고 다녀야 한다는 것을

중국 우한발 신종 코로나 바이러스가 겁나게 가르쳐줬다

# 마스크

마스크를 쓰고 있으니
전철 안이 조용해졌다
마스크를 쓰고 있으니
입맞춤이 사라졌다
마스크를 쓰고 있으니
표정들이 사라졌다
마스크를 쓰고 있으니
예쁜 눈만 남았다
비로소 공평해졌다
마스크를 쓰고 있으니

# 미녀

꼬부랑 할머니가 딸과 함께 병원으로 들어섰다
쓰라는 것을 다 쓰고
독감 예방주사를 맞았다
마스크를 쓴
온통 쭈그러진 얼굴
제 발로 걷고
말대답도 또박또박 잘하는
꼬부랑 할머니
예뻤다

# 부활절 아침

그렇게 떠나신 후 2천 년이 넘었습니다
그동안에도 세상이 평화롭지는 않았습니다
지금도 살육이, 공포가, 고통이 넘쳐납니다
무섭습니다
우리는 어떻게 해야 합니까
오소서
주님
다시 오소서

# 안부

시들어 내다 버리려 했던 난이
대를 뽑아 올리더니 꽃을 피웠다
목욕탕에서 만난 이웃
내 가슴의 길게 파인 수술 흉터를 보며 묻는다
"건강 괜찮으세요?"
집에 오니 아내가 묻는다
"운동 하셨어요?"
팬데믹을 피해 살아남은 사람들
나직이 안부를 전한다
세상에는 슬픈 일도 많은데
너그러워야겠다

# 힘내

코로나 바이러스에 시달리느라 얼마나 고생했어
많은 사람들이 고통을 겪고 죽어갔지
마스크가 일상이 된 생활
언제 끝날지 모른다지
새로운 패션이 된다지
역대급 더위가 예고됐는데
마스크를 쓴 채 더위와 어떻게 싸우나 걱정이 컸는데
생각지도 못한 장마가 해결해줬어
그것도 아열대성 기습 폭우와 함께
홍수
거기에다 또 덮치는 태풍
뜨거운 남국의 태양이 그리웠지
정말 가지가지도 하지
먼 나라서 들려오는 대규모 산불 소식
극지에선 녹아 무너져내리는 빙하 소리
우리가 잘못한 게 무엇인지 반성해보아
우리가 지구를, 함께 사는 생명들을
얼마나 많이 괴롭히고 파괴해왔어
아직 늦지 않았어

고칠 것은 빨리 고쳐야 해
그것이 이 어려운 시대를 넘기는 지혜
그리고 잊지마
이런 때일수록 우리를 견디게 해주는 건
배려
양보
서로 사랑하기
쳐다봐
세상이 멈춰서니
잃어버린 줄 알았던
꿈같은 푸른 하늘이
어느새 우리 곁에 찾아왔잖니

# 가을 햇볕

가을 햇볕은 여름에 남은 마지막 정情마저도 태워 버린다
모든 미련을 끊고 찬바람을 주저 없이 받아들이게 한다
그럼으로써 가을 햇볕은 여름이 남긴 수분을
알곡이 모두 빨아들이고
과육果肉을 더욱 단단하게 여물게 한다
아, 다행하게도
병든 대지가 서서히 제 몸을 치유한다
다친 곳이 많았다
아픈 곳이 많았다
천천히 천천히 몸을 뒤채이며
온몸에 업고, 안고 있는
잘디잔 무수한 목숨들이
그 입으로, 그 촉수로, 손과 발로, 전신으로
상처를 아물게 하고
드디어 편히 숨 쉬게 한다
아직 끝은 아니었구나
이 계절이 주는 은혜, 축복, 부활
생명이시여

# 수화

손으로 웃는다
손으로 운다
손으로 말한다
손으로 부르짖는다
사랑한다
침묵의 함성

# 절명絶命

부질없구나
사랑이여

부질없구나
죽음이여

부질없구나
삶이여

내 평생 이 부질없는 것들을 붙들고 헤매었으니

부질없구나
목숨이여

# 땅끝

절벽
망망대해
거센 바람

누구에겐 끝
누구에겐 시작

# 시간 1

누가 물었다
하느님이 있느냐고
나는 답했다
있다고
우주 창조 때부터
지금까지
만유를 지배하는 이
그는
시간이다

# 시간 2

보이지 않는
만져지지 않는
들리지 않는

그러나 한 번도 쉰 적이 없는
끊임없이 나아가는

떠난 곳이 없고
다다를 곳도 없는
아득함
그 간절함

# 시간 3

내 마음이 가 있으면
저세상도 지척
때로 내게 전해지는
먼 조상의 마음

내 마음이 떠나면
지척도 만 리
나를 떠난 그 마음은
잊음의 전생

시간은 공간이요
공간은 시간

# 모국어

넋은 자유로우나
언어는 감옥
우주를 담는 소리를
오직 모국어로 써야만 하는
무한이 주는 속박
오! 숙명

# 천지창조

처음으로 하느님을 그린
미켈란젤로
젊은 아담에게 생명을 넣어주는
하느님은 하얀 노인이다
하느님을 노인으로 그려준
미켈란젤로
그가 고맙다

# 파티마 성당

무릎으로 가야 합니다
피멍이 맺히도록

닿기 위한
그 간절함

# 적멸

- 오현에게

부처 이후
무수한 부처들처럼
부처 이전
무수한 부처들처럼
스님
이제 보셨나요
맞으신가요

# 가짜뉴스

하느님의 나라가 가까웠으니 회개하라는 세례 요한을 목잘라 죽인 유대인

그 하느님을 대중 선동가라며 못 박아 죽인 로마인

지구가 돈다는 코페르니쿠스를 종교재판에 넘긴 사제들

숱한 사람들을 마녀라고, 유언비어라고 처단한 독선가들, 독재자들

시간의 걸음망을 통과한 뒤에 모습을 드러내는 진실들

함부로 속단하지 말아야 할

가짜뉴스란 이름의 함정

# 오만

이 세상에는 인간보다 더 아름다운 동물도 많고
인간보다 더 따뜻하게 포옹하고
희생하고
애도하고
지극한 사랑을 나누는 동물들도 많은데
인간아
너만 홀로
어찌 그리 오만할 수 있단 말인가

## 생명

흐르는 강물에 무수한 생명들이 살고 죽어가듯이
이 거대한 지구 위에 헤일 수 없는 생명들이 살고 죽어가듯이
우주에 무수한 별들이 생겨나고 사라지듯이
우주가 생명이듯이
지구가 생명이듯이
결국은 내가 우주이듯이
그래서 태어나고 사라지듯이

## 공수교체攻守交替

노인들이 머리띠를 두르고
주먹을 불끈 쥐고
운동가를 부르고
구호를 외친다
젊은이들은
청와대에서 국회에서 시청에서
TV를 통해 시위를 보며
혀를 찬다

세상이 바뀌었다
과거의 데모꾼들이 이제는 주역
그들이 막상 정치를 하니
과거 이 사회의 중심에 서 있던 이들이
지팡이를 짚고 나와
땅바닥에 주저앉아 데모를 한다
과거에는 젊은이들이 들었던 촛불을
이제는 늙은이들이 들고 있다
과거에는 젊은이들이 부르던 운동가를, 외치던 구호를
이제는 늙은이들이 부르고 외치고 있다

# 03

# 가을 1

2020년 가을
서해 차디찬 밤바다
북한군에 총 맞아 숨져간 그대
그 기막힌 시간
잠들어 있던 내가 아프다
못 견디게 아프다

# 가을 2

나의 알곡
나의 열매
그러나 쭉정이가 많고
상처가 많은
못생긴 얼굴
나의 영혼
나의 시

# 낯선 길 1

아득합니다
현실이 꿈처럼 여겨집니다
믿을 수 없는 일들이 일어납니다
이해할 수 없는
지각 밖의 세상을 경험합니다
어머니가 간 길
아버지가 간 길
그래서 무섭지가 않은
그 길에 이제는 제가 나섰습니다
부디 저를 나무라지 말아주세요

# 낯선 길 2

나의 머리와 싸우기 시작합니다
나의 기억과 싸우기 시작합니다
나의 가슴과 싸우기 시작합니다
분노와 혼돈과 싸우기 시작합니다
얼마 남지 않았을 시간이 소중합니다
낭비할 여유가 없어졌습니다
문제는 마음
다시 시작합니다

# M

50만 년 전
인도네시아 자바 섬에 살던 호모 에렉투스
그들이 홍합 화석의 표면에 새긴 M자 문양
호모 사피엔스의 조상의 조상인 그들이
50만 년 후
후손의 후손들에게 보내온 메시지
그것은 그때 그들이 살고 있었다는
간절한 신호
새기지 않으면 견딜 수 없는 절박함
그 안타까움이 얼마나 컸기에
50만 년이라는 까마득한 시간의 강을 건너
오늘 우리에게 전해졌을까
짐작도 허용되지 않는
50만 년 전
인도네시아 자바 섬에 살던 호모 에렉투스
끊어질 듯 끊어질 듯 이어오는
홍합 화석 위 굵게 새겨진 메시지
M

# 페치카

뮤지컬 페치카를 보았다
자신에게 아무 것도 해주지 못한 조국에
재산을, 가족을, 목숨을 다 바친 사내
연해주 눈벌판에서도 늘 따뜻했다던 페치카
최재형의 이야기

나라 하나 지니고 사는 것이
얼마나 많은 사람들에게
신세지고 있는 것인지

# 오키나와 기행

1

일본에게 점령당한 유구국流球國
일본 땅이 되었기에 태평양 전쟁 때 처절하게 학살당한 오키나와
이곳의 일몰이 핏빛으로 황홀하게 울부짖는 바로 그 이유

2

오키나와 섬의 종군 위안소
평일에는 장교들이
주말에는 사병들이
줄지어 늘어서던 초가집
그녀들이 빨래를 하고 들어갈 때면
늘 부르던 노래 구슬픈 노래
"아리랑 아리랑 아라리요"
이제 그들은 모두 죽고
현지 노인들이 전해주는
조선인 종군 위안부들의
한 서린 노래 아리랑

# 8·15를 보내며

1

안중근 유관순 윤봉길 이봉창
그 어린, 젊은 나이에
어찌 그리 용감했으며
깊은 인식
폭넓은 인간성을 갖출 수 있단 말인가

2

패전의 쓰라림을 아는 일본이
자신이 짓밟은 사람들을
어떻게 이다지도 무참하게 대할 수 있단 말인가

# 걱정

인도네시아의 휴양지가 지진으로 순식간에 폐허가 되듯
히로시마가 나가사키가 원폭으로 순식간에 폐허가 되듯
선의가, 문명이
순식간에 잿더미가 된다는 것을
부디 잊지 말기를
파멸의 은신처는
평화의 얼굴 뒤였음을
부디 잊지 말기를

# 다낭의 바다

네이팜탄이 쏟아지던 도로에서
불이 붙은 옷을 벗어 던지고
알몸으로 울부짖으며 달려오던
베트남 소녀
오늘 그녀의 아들 또래는 가이드가 되어
한국인 관광객들을 안내하고
그녀의 딸 또래는 마사지숍에서
한국인 관광객들에게 마사지를 한다
그들은 과거를 모른다
우리의 아들들이, 딸들이
우리의 처참했던 과거를 모르듯이
역사책 속의 기록처럼 인식하듯이
베트남의 아들들은 딸들은
그저 열심히 일하고
열심히 달러를 번다
시간은 그렇게 가는 것이다
역사는 늘 승자의 편이고
숱한 희생자들은
역사의 뒤안길로 사라져가고

남은 자들은
악착같이 살아남게 마련인 것이다
우리가 결코 역사의 패배자가 되어서는 안되는 이유
우리의 자녀들이
부모의 역사를 몰라야하는 존재들이 되어서는 안되는 이유
그래서는 결단코 안되는 이유가
40여 년 전
원수가 되어
죽고 죽이던 동족의 피가
"후에 실함失陷"
"다낭 실함失陷"
그 절규가
오늘은 사나운 파도가 되어 달려드는 해변에서
내게 보인다

# 일상

난리 속에서도 아기는 낳고
사진관에서 사진도 찍었다
한 곳에서는 죽어가는 사람들
그러나 일상은 이어져 갔다
끈질긴 생명력
그 아기가 고희가 된 오늘까지도
강인한 일상

# 새벽 네 시

신문이 온다
스님들이 잠을 깬다
시장에 화물이 도착한다
야생동물들이 눈을 뜬다
베란다에 난초가 움튼다
잠들 수 없다

# 잠

밤을 하얗게 새우며 괴로워하던 아내
어찌어찌하다
새벽에 살풋 잠이 들었다
가볍게 코도 골았다
마침 잠이 깬 나
숨도 크게 쉬지 않고 가만히 누워 있었다
잠도 귀했다
나이가 드니

# 남편

거기 계세요?
책을 읽으세요?
글을 쓰세요?
저를 돕느라 그릇을 씻고 계세요?
TV 소리 들리니 쉬고 계시는군요
거기 계세요?
주무세요?
외출하기 위해 옷을 입으세요?
무더운 여름
목욕하세요?
소리로, 눈으로 확인되는 거리에
계신다는 것
그래야 비로소 집이 되고
아프지 않게 되지요

# 요양병원

남편이 죽는 것을 보며 충격으로 쓰러진 여인은 7년을 누워 있다 아기가 됐다
긴 간병에 지친 아들은 도망가고 시집가는 것도 포기한 딸이 엄마의 치료비를 댄다
30대 처녀가 입원비 간병비로 매달 4~500을 대려면 투잡 스리 잡을 뛰고 있을 것이다
절약하려고 일요일에는 직접 간병을 하는 딸이 아기가 된 엄마를 끌어안고 잠들어 있다

뇌수술을 두 번 받고 무의식 상태에 빠진 여인은 팔다리가 침대에 묶인 채 3년을 누워 있다
늘 잠만 자던 여인이 갑자기 무어라고 울부짖는다

보기에는 멀쩡한데 말을 못하는 여인은 간병인의 도움으로 침대에서 몸을 돌려 대변을 본다

밤에 비틀거리며 화장실에 자주 간다고 요양원에서 휠체어에 몸을 묶자 격노하다 쓰러진 내 장모는 끊임없이 찾아오는 요의尿意에 괴로워한다

코에 줄을 꿴 남자들이 새벽이면 고통으로 울부짖는다

여기서는 입으로 밥을 먹고 아래로 배설하는 것이 큰 복이다
자랑이다

# 수상소감

장애인을 대상으로 한
구상 솟대문학상 시상식
수상자가 수상소감을 말한다
그는 웃는데 울고 있었다
그는 우는데 웃고 있었다

# 유리

있는 줄 알았더니 없었구나
저 밖이 다 보이는 걸 보니
없는 줄 알았더니 있었구나
내 앞을 막아서는 걸 보니

# 자책

때로는 촌철살인
때로는 저주로
일세를 풍미했던
좌파와 우파의 입
아직 남은 나이에
투신자살로
병으로
차례로 삶을 마감하며
그들이 남긴 것은 자책이었다
돌아온 화살
자신을 탓하고
관대할 것을 당부한 유언
무상한 정치

# 기자와 시인

기자의 적은 기자다
시인의 적은 시인이다

기자가 시인의 적은 아니다
시인이 기자의 적은 아니다

# 신기한 세상

분수를 처음 본 날
눈을 동그랗게 뜨고
손바닥을 펼친 채
입을 벌리고 서 있었지
쇼윈도우 홀로그램을 처음 본 날
그곳을 떠나려 하지 않아
할애비가 안아 올려 한참을 보게 했었지
눈이 오던 날
창밖을 내다보며
하염없던
모든 게 신기한
두 돌짜리 내 손자

# 아기의 귀

아기는 자면서도 예쁜 얘길 듣나보다
방긋방긋 웃는 걸 보니

아기는 자면서도 슬픈 얘길 듣나보다
갑자기 소리쳐 우는 걸 보니

# 손자의 비밀

1

세 돌짜리 손자를 무릎에 앉히고 아내가 묻는다

"넌 누가 제일 예쁘냐?"
"외할머니"
"다음엔?"
"엄마"
"다음엔?"
"아빠"
"다음엔?"
"외삼촌"
"다음엔?"
"외할아버지"
"그 다음엔?"
"친할머니"

직장에 나가는 며느리를 도와 1주일에 닷새 외손자를 돌보는 안사돈
고생 대신 귀여운 외손자의 사랑을 얻었다

2

여섯 살이 되던 해

다시 아내가 묻는다

“넌 누가 제일 예쁘냐?”

고사리 같은 손가락을 입술에 대며

“쉿”

# 비

보슬보슬 내리는 비
우산 받고 가는데
문득 비가 그쳐요
오지 않는 비
아마도 비가 자고 있나봐

## “아빠”

어디선가 아이가 아빠를 부르는 소리 들린다
자신 있고
당당한 소리
세상에서 가장 큰 소리
모든 것이 풀린다
어려울 것이 없다
무서울 것은
더 더욱 없다

## ‘벤자민 버튼의 시계는 거꾸로 간다’

늙고 추하게 태어났다
한 살 두 살 나이를 먹어가면서
실수투성이였다
교활하고
잔인하고
소심하고
비겁한 늙은이
나이가 들어가면서
외모가 변했다
주름이 사라지고
흰 머리칼이 검어지고
굽은 허리가 펴지고
힘이 넘쳤다
눈부신 아폴론
용감하고
담대하고
정직하고
정확한 지혜
나이 들어 젊어가고

아름다워지는
신 인류의 이상理想을 만나고 싶다
벤자민 버튼의 시계
그 절정에서
그만 멈추었으면

# 난산

어린 암소가 난산이라는 전갈을 받고 수의사가 달려왔다
암소는 탈진 상태이고 새끼는 대가리를 반만 바깥에 드러내고 있었다
어미의 골반이 작은 것이 원인이라고 했다
수의사는 새끼를 다시 밀어 넣어 위치를 잡고 강제분만을 시도했으나 되지 않았다
어미라도 살리기 위해 새끼를 죽여야 한다고 했다
그 순간 천신만고 끝에 새끼가 밖으로 끌려 나왔다
숨을 쉬지 않는 새끼의 입에 숨을 불어넣는데
어미가 고개를 돌려 혀로 새끼의 젖은 몸을 핥았다
그러자 새끼는 비칠거리며 일어서려고 했다
몇 번을 자빠지다가 마침내 일어서는 새끼
그날 몽골 초원은 새 가족을 맞아 더욱 푸르렀다

# 마음

나야
오랫동안 함께 살아왔단다
세상에 나왔을 때부터였지
육신이 자라는 만큼 자랐고
늙어갈 때는 함께 늙었어
육신을 아끼는 걸 서운해하진 않아
당연하지
그러나 이제부턴 날 좀 돌아봐 줘
지금부터는 내가 소중해진단다
날 아껴줘

# 꿈

아우를 병으로 잃은 시인은
꿈에 아우를 만난다 한다
아우와 술을 마시다 깬 날 아침은
계속 술에 취해 있다고 한다

# 버킷리스트

가장 맛있는 음식은 아껴 두었다 가장 나중에 먹는 것이
어려운 시절 내 유년에 익힌 습성이었다
귀한 것일수록 오래 기다렸다 보아야 하고
가장 귀한 것은 가장 나중에 보아야 한다
죽기 직전에 보는 것이 가장 귀할까
안달루시아를 보기 위해 30년을 기다렸다
300배 좋았다

# 알함브라 궁전의 추억

알함브라에서 보았다
역사는 힘에 의해 지배된다는 것을

알함브라에서 보았다
인因은 과果를 낳는다는 것을

알함브라에서 보았다
예술은 역사보다 길다는 것을

# 기적

키 큰 사이프러스 나무 뒤로 펼쳐지는 아득한 아드리아해
반짝이는 어머님
루르드
파티마
그리고 메주고리예
한결같이 척박하고 험준한 산골 마을
무식하고 가난한 사람들을 찾아오시어
병을 고쳐주시고
마을을 가난에서 벗어나게 해주신
사랑이 많으신 어머님
당신의 자식들이 살아가는 세상을 감싸 안아 지켜주시는
영원한 모성
그것이 기적

# 투우

싸움소로 길러져
적당한 나이와 무게가 된 어느 날
캄캄한 방에 끌려와 갇혀
극도의 불안과 공포, 허기 속에서 하루를 보내고
문득 열리는 출구
쏟아져 들어오는 햇빛을 따라 밖으로 뛰쳐나오자
경기장을 꽉 메운 군중의 함성
위풍당당
말을 탄 투우사 앞에
넋을 잃고 자꾸만 쓰러지면
아예 싸움이 안 돼
가끔 죽음을 면하기도 하지만
그 길의 끝은 도살장
미친 듯이 날뛰다
여러 차례 바뀌는 투우사들의 창에 등골을 찔리면서도
끝내 굴복하지 않으면
간혹 죽음을 면제받고
씨 싸움소로 등극하기도 하지만
아차 지나쳐

투우사를 죽이기라도 하면
그 길의 끝도 역시 도살장
대부분은 투우장 근처 식당의 식재료로 팔리고 마는
자연과 인간의
지극히 불공평한
강요된 싸움

## 까마귀

카페리 버스의 차축에 매달려
모로코 탕헤르에서
지브롤터 해협을 건너
스페인 타리파로 온 아프리카 청년
마드리드 마요르 광장에서 가방을 판다
비닐 포대 네 귀퉁이에 줄을 매달아
좌판을 펼쳐놓고 호객하다가
경찰이 뜨면
순식간에 좌판을 걷어 짊어지고 도망을 친다
경찰이 사라지면
다시 나타나는 좌판에는
10유로, 20유로, 30유로짜리 짝퉁 명품 가방들
경찰과 숨바꼭질하며 장사하지만
결코 구걸하지는 않는
악착같이 자기가 번 돈으로 빵을 사 먹는
까마귀처럼 나타났다
까마귀처럼 흩어지는
기회의 땅 유럽으로 목숨 걸고 건너온
까마귀 같은
아프리카 청년

# 패스의 아이

9천 개의 미로가 있다는
모로코 천년 고도 패스
안내 없이 들어갔다가는 길을 잃는다는
거미줄 같은 미로
모처럼 만난 공터에서
아이들이 축구를 한다
사람들이 간신히 비켜 가는 좁은 골목을 누비며
동생을 업어 키우고
동냥도 하고
공부도 하는
가무잡잡한 얼굴의
아랍 아이들
대부분 이 거대한 미궁에 갇혀
가내 수공업을 배우고
노동으로 성년을 보낸다는
해맑은 얼굴의
모로코 천년 고도
패스의 아이

# 발칸에서

나라 이름이 '검은 산'인 몬테네그로
오르기도 내려가기도 불가능할 듯한 험준한 칼산
꼭대기 능선 따라 성벽이 쌓여져 있다
바다에 면해 있는 두브로브니크는 크고 두터운 돌들로 도시 전체를 꽁꽁 감싸 안았다
성안에는 탄환으로 쓰였을 둥글게 깎은 돌덩어리들이 쌓여 있다
외적의 침입이 얼마나 무서웠으면
저렇게 힘들여 철옹성들을 쌓아 올렸을까
지옥보다 무서운 것이 외적
6·25 이후 70년
그 무서움을 잊어가는
모르는 우리나라
아프게 눈에 밟혔다

# 국경

한 나라였다가 두 나라가 된 슬로베니아와 크로아티아
두 나라 이민국 직원이 발칸 여행객을 태운 관광버스에 올라 여권에 도장을 찍는다
연신 키득대며 얘기를 나누는 제복 차림의 두 아가씨
슬로베니아 아가씨가 출국 도장을 찍으면
그 곁의 크로아티아 아가씨가 입국 도장을 찍는다
스물네 명 승객들의 여권에 도장을 모두 찍는 것으로 출입국 절차 끝
관광객들의 질문에 싹싹하게 대답도 잘하는 슬로베니아와 크로아티아 이민국 직원
쨍한 발칸의 하늘에 문득 눈이 시렸다

# 덤

체리 1킬로그램을 20쿠나에 파는 크로아티아 로비나 시장의 할머니
한국 돈 3천 원이라는 싼값에 홀려 선뜻 사자
비닐 봉투에 배, 살구며 복숭아 이것저것 집어 넣어주시네
배보다 더 커진 배꼽을 안고 숙소로 돌아오는 발걸음을 가볍게 한
만국 공통의 정서
덤

# 정겹다

방글라대시 치타공
벽돌 만드는 젊은 부부
아내가 진흙 덩이를 건네면
남편은 틀에 넣어 벽돌을 찍어낸다
열일곱 살과 스무 살에 만나
5년 동안 아기도 셋을 낳고
돈도 5백만 원이나 모았다
이제 5년만 더 일해
천만 원을 채우면
이곳을 떠나
고향에서 작은 가게를 열어보려는
꿈을 갖고 있는 젊은 부부
다섯 식구가 옹기종기 둘러앉아
손으로 집어 먹는 저녁 식사
정겹다

# 쉐다곤 파고다

2,500년 동안 지어지고 있는 건물
끊임없이 새로 태어나고 있는 건물
5,448개의 다이아몬드
2,317개의 루비 사파이어 에메랄드
21,000개 60톤의 금판으로도
한 번 진리를 전함만 못하다는
그 사모함이 더욱 사무쳐
세상의 보물로 끊임없이 장엄莊嚴하는
절대 경이

# 대상포진

제가 무엇이라고
이렇게 긴 수명을 주시는
고마운 하느님
가지가지 아픔도 겪게 해주시는
무서운 하느님
육신에서 힘을 빼어가시고
마음에서 추억을 가져가시고
이제는 온몸을 채찍으로 후려치시니
오래 산 벌을 받는 것인지
얼마나 더 고통을 겪어야
누더기 같은 영혼
거둬가실지
사랑으로 가득하신 하느님
미운 하느님

# 한국의 춤

덩
덩더꿍
얼쑤
굽이굽이 백두대간
약동하는 동해
아리고 쓰린 아리랑
간절한 곡조
우리 율동
우리 춤
오직 한국인만이 출 수 있는 리듬
흥에 겨워 넘쳐나는
이 땅에 터 잡고
반만년을 살아온
민초들의 흥이 어우러진
바로 그 춤
민족의 새 날
민족의 새 꿈
힘찬 율동의
새해

새 아침
덩
덩더꿍
얼쑤

# 먼바다

"바다에서는 태풍 전후가 고비인데 그때 큰 승부가 난다"

– 김재철 동원그룹 회장

근해近海가 아니다
태평양, 인도양, 대서양
때로는 남극해, 북극해다
거센 파도가 배를 밀어 올렸다가
폭포의 낭떠러지로 곤두박질치는
그런 바다다
때로는 생과 사가 엇갈리는 격렬함
공포
먼바다에서
큰 고기를 잡는
강인한 사나이들의 모험이다
로망이다
생명이 비롯된 바다
우리들이 비롯된 바다
세계를 열었던 바다
힘이 용솟음치는

꿈이 몸부림치는
끝내 우리가 가야 할
먼바다다

# 해설

# 고난을 극복하는 사람들에게 전하는 위로의 말

이승하(시인·중앙대 교수)

## 1

시력 50년에 이른 유자효 시인이 이번 시집에서 심혈을 기울여 쓴 시는 제1부의 「신라행新羅行」일 것이다. 신라는 기원전 57년에 건국하여 676년에 삼국을 통일했으며 935년에 멸망하였다. 992년간 존속하였기에 흔히 신라를 천년왕국이라고 한다. 세계 역사상 하나의 국가체제가 천년 동안 지속한 나라는 해설자가 알기로는 없다. 신라의 992년 존속은 도대체 어떻게 해서 가능했을까? 부산 출생인 유자효 시인은 신라에 대한 연구를 이렇게 시작한다.

> 천 년을 거슬러 신라로 간다
>
> 천 리를 더듬어 신라로 간다

그곳은 찬란한 꿈이 깃든 곳
전륜성왕의 꿈과
부처의 꿈이 함께 깃든 곳
살아 이상향을 이루고자 했던
장부들과 신녀들의 땅
한반도에 사람이 살면서부터
가장 나라다웠던 나라
황금의 나라
대륙의 북방에서 온 사람들과
바다 건너 남방에서 온 사람들이
가족을 이루어 함께 살던 곳
천 년을 거슬러
천 리를 더듬어
찾아가는 신라
언제 돌아보아도 슬프지 않은
자존의 땅
신라 사람들

-「신라행 1」 전문

시인은 타임머신을 타고 멀고먼 신라로 여행을 떠난다. 전륜성왕轉輪聖王은 인도신화에서 통치의 수레바퀴를 굴려 세계를 통일·지배하는 이상적인 제왕이다. 이 전륜성왕과 부처의 꿈이 함께 깃든 곳이 신라라고 본 것이다. 시인은 신라를 “한반도에 사람이 살면서부터/ 가장 나라다웠던 나라”라고 규정한다. 또한 “대륙의 북방에서 온 사람들과/ 바다 건너 남방에서 온 사람들이/ 가족을 이루어 함께 살던 곳”이라고 한다. 통일신라는 견당선遣唐船을 수도 없이 띄웠던 해양국가였다. 당나라의 도움으로 삼국통일을 이룩한 뒤에 신라에서 당나라로 얼마나 많은 유학생과 사신이 건너갔는지 모른다. 혜초(704~787)와 최치원(857~908)도 그중 한 사람이었다. 두 번째 시를 보자.

0.3밀리미터의 금 구슬들을 용접해 붙이고
5밀리미터의 얼굴들에 갖가지 표정을 조각한
초미세 예술의 궁극
매보다 밝았으리
그의 눈은
자연보다 정교했으리
그의 손은
대우주의 정성을 다 쏟아부은
아득한 불심佛心
서탑西塔 유리병 속의 사리 한 과가
인도에서 모셔온 석가모니의 것이었다면
동탑東塔 유리병 속의 사리 열 과는
동해에 호국룡이 되기를 자청한 문무대왕의 것이었으리

왔도다 왔도다

인생은 서러워라

서러워라 우리들은

공덕 닦으러 왔네

살아 백 년

죽어 천 년

신라 사람들

-「감은사지 사리장엄구-신라행 2」 전문

신라는 거대한 고분군 외에도 석굴암·불국사·첨성대·안압지·석빙고 등 유형문화재를 많이 갖고 있다. 게다가 불상이나 미륵의 반가사유상과 금관·장신구 등 유물을 수도 없이 갖고 있다. 위의 시는 감은사지에서 나온 사리장엄구舍利莊嚴具를 갖고 쓴 것이다. 통일의 대업을 이룬 문무왕의 위업을 기리기 위하여 창건된 감은사感恩寺는 신문왕 2년(682년)에 건립되었으며, 건립 연대가 『삼국유사』와 『삼국사기』에 기록되어 있어 탑에 사리를 봉안한 연대를 알 수 있는 중요한 사찰이다. 1959년 국립중앙박물관에서 서탑을 해체·복원하는 과정에 3층 옥신屋身 윗면서 사리기舍利記가 발견되었으며, 1996년에 국립문화재연구소가 동탑을 해체·복원하는 과정에서 한 세트의 사리기가 추가로 발견되었다. 사리장엄구는 부처의 사리를 봉안하는 물품이므로 지극한 신앙

심을 갖고 최상의 재료와 기법을 선택하여 만드는 공예품이다. 감은사지 서삼층탑 출토품은 왕실의 후원에 힘입어 당시 최고의 장인이 참여하여 제작했을 것으로 추정된다. 실제 현존 유물도 금이나 수정 같은 고가의 재료를 사용, 우수한 세공기술로 완성되었다. 따라서 통일신라의 왕실미술과 불교공예의 수준을 가늠할 수 있는 중요한 자료로 평가된다. 시인은 서탑 유리병 속의 사리 한 과가 인도에서 모셔온 석가모니의 것이었다면 동탑 유리병 속의 사리 열 과는 "동해에 호국룡이 되기를 자청한 문무대왕의 것"이었으리라 생각한다. 신라가 찬란한 문화를 이룩할 수 있었던 것은 통치자의 애민사상, 불심으로 백성들의 정신을 모은 것, 장인의 예술을 숭상한 민民과 관官의 화합 등이 있었기 때문임을 이 시를 통해 알 수 있다. 이 시의 제2연은 향가「풍요」의 한글 번역본인데 각주에 따르면 이 노래를 지은 양지스님이 감은사 사리장엄구를 만들었다고 전해진다고 한다. 시인의 신라 예찬은 네 번째 시에서 절정에 이른다.

> 2천 년 전에서 천 년 전처럼
> 늠름한 낙동강 푸른 물처럼
> 서라벌에서 개경으로 그리고 한양으로
> 수도는 바뀌었어도
> 고려에서 조선으로 그리고 대한민국으로
> 이름은 바뀌었어도

신라는 결코 죽지 않았고

이를 잊지 않는 한

버리지 않는 한

조각난 한민족의 마음을, 뭍을, 물을, 하늘을

끝내 하나로 아우를

단단함이여

우리 신라여

-「신라는 죽지 않는다-신라행 4」 전문

이 시를 보면 왜 시인이 지금 이 시점에 신라를 노래하고 있는지, 짐작이 간다. 신라는 3국을 통일했거늘 우리나라는 대한민국과 조선민주주의인민공화국으로 분단되어 있으며 분단의 골은 점점 깊어지고 있다. 경제상황은 어려운데 코로나 바이러스까지 창궐하고 있다. 의료진의 대처능력이 한계에 다다라 있는데 정치하는 이들은 하루도 그냥 있지 않고 정쟁을 일삼고 있다. "늠름한 낙동강 푸른 물"이 흘러갔던 신라는 "조각난 한민족의 마음을, 뭍을, 물을, 하늘을/ 끝내 하나로 아우를/ 단단함"을 갖고 있던 나라였다. "우뚝한 신라 사람들/ 절정의 정신"(「변경」)이라고, "이 땅에서 함께 살던/ 모든 생명을 기리고/ 아파하던/ 그리운 이들/ 신라 사람들"(「백두대간」)이라고 노래하던 시인은 열두 번째 시에서 신라인을 이렇게 규명한다.

신라의 강토로 들어서니

부드러우나 강한 기운이 보인다

호국의 땅

6·25 때도 공산군이 끝내 범접하지 못했던

낙동강 동남

신라는 한국이다

한국인은 신라인이다

그들이 한반도 동에 살던 서에 살던 남에 살던 북에 살던

그들은 모두 신라인이다

끝내 이 땅을 지켜낸 신라인

부드러우나 강한

신라의 힘

-「신라인-신라행 12」 전문

"신라는 한국"이고 "한국인은 신라인"이라고 한다. 한국인을 고려인이나 조선인이라고 하지 않고 신라인이라고 한 이유가 무엇일까? "호국의 땅/ 6·25 때도 공산군이 끝내 범접하지 못했던/ 낙동강 동남"이라는 지정학적인 위치 덕을 보긴 했지만 구석에 몰려서도 "끝내 이 땅을 지켜냈기" 때문이며, 이것은 "부드러우나 강한/ 신라의 힘" 덕분이라는 것이다. 그러고 보니 한국전쟁 기간 중에 부산은 가장 오랫동안 임시수도였다. 정부는 최후의 보루인 부산에서 전열을 가다듬어 반격을 해 결국 국토의 절반을 회복했다. 시인

은 또 “사람과 짐승이 하나 되고/ 삶과 죽음이 하나이던/ 꿈의 정토”(「그리운 신라」)를 신라로 보았다. 향가 「풍요」 외에도 「처용가」 「찬기파랑가」 「제망매가」도 인용되는데, 『삼국유사』 소재 설화를 배경으로 갖고 있는 향가에 대한 관심도 적지 않음을 보여주고 있다. 아마도 서정주의 『신라초』(1961) 이래 신라의 정신을 본격적으로 탐색한 시집은 유자효 시인의 이 『신라행』이 처음이 아닌가 한다.

연작시의 마지막 시인 「앵무가」는 원래 신라 흥덕왕이 지은 가요다. 가사는 전하지 않으며, 창작 동기와 그 내용에 대한 소개가 『삼국유사』 권2 기이紀異 제2의 흥덕왕 앵무조에 전한다. 흥덕왕 즉위 초에 당나라에 갔던 사신이 앵무새 한 쌍을 가져왔는데 암컷이 오래지 않아 죽었다. 짝 잃은 수컷이 슬피 울므로 왕이 그 앞에 거울을 걸어주도록 하였다. 수컷은 거울에 나타난 자기 그림자를 보고 자기 짝인 줄 알았다. 수컷은 기쁜 나머지 거울을 쪼다가 자기 그림자인 것을 알고 슬피 울다가 죽었다. 그리하여 왕이 「앵무가」를 지었다고 한다. 『삼국사기』에 따르면 왕이 이 무렵 왕비를 잃었다는 내용이 나오는 것으로 보아 왕비 잃은 자신의 슬픔을 앵무새의 처지에 의탁하여 노래한 서정가요임을 알 수 있다. 이 이야기를 4편의 시로 썼는데 두 번째 시를 보자.

그날따라 우레가 울었던 것은 아니다
한 방울의 비 소란스런 바람도 없는
하늘에는 묵묵한 성좌의 운항
아침이 그 출렁이는 휘장을 땅 위에 드리우자
너는 움직이지 않는 너의 짝을 발견했을 뿐이다
부리로 쓰다듬어도
나래로 어지러이 퍼덕였어도
잠에서 깨어나지 않았을 뿐이다
티끌만한 움직임도 없는 안타까움을
새여, 끝끝내 너는 몰랐을 뿐이다

-「앵무가-신라행 15」 부분

여타 연작시와 다른 점은 이 시가 지닌 서정성이다. 흥덕왕을 시인으로 간주하여 화자를 흥덕왕으로 설정, 그의 속마음을 시로써 헤아려본 것이다. 유자효 시인은 임금을 비롯하여 많은 신라인들이 이렇듯 뛰어난 예술적 경지에 도달했다고 보았다. 신라는 "기파랑의 나라/ 원효의 나라/ 김유신의 나라"(「금강의 빛」)였다. 또한 "죽어 영생을 사는/ 풍월주 사다함"(「청조가」)의 나라였다. "네 부모를 위해 절을 지었"(「김대성」)던 김대성의 나라이기도 했다. 그날의 영광이 재현되기를 바라는 마음에서 시인은 총 15편의 「신라행」을 썼던 것이다.

2

제2부는 상당수의 시가 2020년 2월부터 시작된 코로나19 때문에 고통을 겪고 있는 이웃에게 안부를 여쭙고자 쓴 것들이다. 사스, 조류독감, 신종플루, 구제역, 메르스, 코로나19에 이어 또 다른 신종 바이러스가 간빙기의 얼음 속에 숨어 있다가 저 남극이나 북극의 동토 깊은 속에서 나올지도 모른다. SF 같은 얘기지만 전 인류를 멸망시킨 바이러스가 다시 나타나 현 인류를 멸한다는 상상도 해본다.

시인은 어떻게 보면 이 세상에서 가장 무력한 존재다. 무력하기만 한가? 지상의 인간에게 필요한 물품은 하나도 만들지 않고 여름날의 베짱이처럼 노래나 부르고 있다. 그래서 플라톤은 『이상국가론』에서 우리가 새롭게 건설해야 할 이데아에서 시인은 추방되어야 한다고 주장했다. 시인은 의사가 아니다. 코로나19 바이러스라는 신종 괴물의 출현에 방관자로서 지켜볼 수밖에 없다. 하지만 가장 무력한 존재이기에 이 상황에 대해 우려하고 타인을 위로할 수 있다.

비가 온다
바람이 분다
천둥 번개도 친다
가끔 해가 비치면
폭염
병이 도는데

사람들이 죽어가는데

갇혀 있는데

늘 화를 내고

싸우는

내 나라의 슬픈 여름

애닯다

-「우국」 전문

2020년 여름에 농부를 비롯한 이 땅의 서민들은 한반도를 엄습한 폭염에 폭우에 가뭄에 태풍에 정신을 차릴 수 없었다. 게다가 역병이 돌아 사람들이 죽어가는데 정치하는 자들은 늘 화를 내고 싸웠다. 법무부장관과 검찰총장이 처절하게 싸우는 것도 보아야 했다. 시인은 이런 것 외에도 무슨 법안, 사건, 구속, 집값 등을 놓고 싸우는 자들을 보면서 "내 나라의 슬픈 여름/ 애닯다"고 탄식을 한다. 그런 연후에 도대체 왜 바이러스 때문에 고통을 겪어야 하는지 의문을 갖고 질문을 던진다.

내 그럴 줄 알았다

동물들이 사는 곳을 파괴하고

못살게 괴롭히고

죽이고

끓여 먹고

튀겨 먹고

날로 먹고

온갖 모양으로 요리해 먹고

심지어는 숨어 사는 동물이나

그 애벌레, 알까지도 다 찾아내 잡아먹더니

새끼를 키우기 위한 젖까지도 다 짜가더니

그 무분별한 대가를 치르게 될 줄

공기 같은 미물에게 처절하게 당하다니

인간 세상이 멈춰서다니

그럴 줄 내 알았다

-「보복」 전문

시인은 중국 여행을 하면 가보게 되는 야시장의 붉은 등불 아래 수많은 동물의 시체 요리를 보았을 것이다. 해설자 또한 이 글에서 차마 쓸 수 없는 끔찍한 광경을 야시장에서 여러 번 보았다. 흔히 말하지 않는가. 중국에는 걸어 다니는 모든 것과 기어 다니는 모든 것에 대한 조리법이 있다고. 우한에서 시작된 코로나19인데 중국은 이를 부인하고 있다. 이 세상 수많은 사람의 입에다 마스크를 쓰게 하고는 자신들이 진원지가 아니라고 발뺌하고 있다.

사랑한다

이 말 한 마디에

그렇게 많은 침방울이 튀는 줄 몰랐네

그 비말이 그대 입 속으로 코 속으로 들어가는 줄 정녕 몰랐네

나 너를 사랑해

입을 맞출 때는 행복했건만

평소에 침방울이 튀게 해서는 안 되지

중국발 폐렴이 그렇게 옮긴다니까

폐렴뿐이겠는가

사랑하지 않으면

말조차 비말이 돼 병이 되니까

-「비말」 전문

누가 상상이나 했는가. 대학생이 되었는데 학교에서 입학식을 하지 않는다니. 합격 통지를 받았는데 전면 비대면 수업을 하니 학교에 오지 말라고 한다. 졸업식을 하지 않는다니, 학사모를 못 써보고 졸업하란 말인가. 대학원생 면접을 각자 집에서 화상으로 한다니. 대학가 주점에서 생맥주를 마실 수 없을 뿐만 아니라 학우를 1년 내내 볼 수도 없다. 연애하는 것마저도 이제 쉽지 않게 되었다. 사랑의 고백도 귓속말로 해야 할 참이다. 그것도 마스크를 쓰고서. 시인은 "입을 맞출 때는 행복했건만/ 평소에 침방울이 튀게 해서는 안 되지/ 중국발 폐렴이 그렇게 옮긴다니까" 하면서 통탄한다. 모든 타인을 의심해야 하고 만남을 피해야 하는 팬데믹 시대를 우리는 살아가고 있다. 마스크를 안 썼다가는 죽을

수도 있다니, 이런 시대가 올 줄이야.

아내랑 밥을 먹었던 식당에
같은 날
우한 폐렴 환자가 밥을 먹었다는 것을 신문을 보고 알았다
내가 가끔 들르는 출판사 근처 교회에 환자가 나타나 폐쇄된 것을 듣고 알았다
내가 타고 다니는 지하철에 누가 함께 가는지 알 길이 없다
인간은 우주를 꿈꾸지만
보석처럼 반짝이는 저 별들에
실은 어떤 엄청난 위험이 도사리고 있을지

-「역병」 부분

이런 경험을 우리는 시방 하고 있다. 운이 나쁘면 감염되어 내가 확진자가 된다. 가장이 확진자가 되면 아내와 자식도 확진자가 된다. 웬만하면 사람을 만나지 말아야 하고, 만나도 마스크 쓰지 않은 채로는 대화도 하지 말아야 한다. 감수성이 예민한 시인으로서 코로나 사태에 직면해 이런 불안감을 어쩔 수 없다고 토로한다. 하지만 절망만 하지는 않는다. 이런 암담한 상황에서도 희망을 찾는다.

가을 햇볕은 여름에 남은 마지막 정情마저도 태워 버린다
모든 미련을 끊고 찬바람을 주저 없이 받아들이게 한다

그럼으로써 가을 햇볕은 여름이 남긴 수분을
알곡이 모두 빨아들이고
과육果肉을 더욱 단단하게 여물게 한다
아, 다행하게도
병든 대지가 서서히 제 몸을 치유한다

-「가을 햇볕」 전반부

시인은 가을 들판에 나가 과일이 익어가는 광경을 본다. 햇볕을 받으며 알알이 익어가는 과일을 보고는 "병든 대지가 서서히 제 몸을 치유하는" 것에 감동한다. 자연의 품에 안겨 스스로 치유하는 생명체의 생명력을 보고는 희망을 갖기로 마음을 바꾼다. 그리하여 힘을 내자고 말한다. 주변 사람들을 격려한다. 위로한다.

우리가 지구를, 함께 사는 생명들을
얼마나 많이 괴롭히고 파괴해왔어
아직 늦지 않았어
고칠 것은 빨리 고쳐야 해
그것이 이 어려운 시대를 넘기는 지혜
그리고 잊지마
이런 때일수록 우리를 견디게 해주는 건
배려
양보

서로 사랑하기

쳐다봐

세상이 멈춰서니

잃어버린 줄 알았던

꿈같은 푸른 하늘이

어느새 우리 곁에 찾아왔잖니

-「힘내」 후반부

팬데믹 시대라고 절망만 하고 있을 수는 없다. 우리 인간이 끝 간 데 없이 솟구치던 욕망을 점검하고 반성하는 계기를 마련해야 한다고 시인은 역설한다. 사실 탄소 배출, 미세먼지, 지구 온난화, 오존층 파괴 등은 인간이 화를 자초한 것이며, 코로나 사태도 그런 셈이다. 시인은 "팬데믹을 피해 살아남은 사람들/ 나직이 안부를 전한다/ 세상에는 슬픈 일도 많은데/ 너그러워야겠다"라고 스스로 다짐하기도 한다.

3

시집의 제3부에 대해 시인은 "처음 겪는 노년의 발견들입니다. 나이 들면서 후손들이 살아갈 세상에 대한 근심이 많아졌습니다. 겪어보니 노년도 가슴 설레는 일이었습니다. 나름대로 저를 지켜 여기까지 왔으니 남에게 폐 끼치지 않고 여생을 완주하고자 합니다."라고 창작의 이유를 밝혔다. 일종의 기행시가 많다. 시인은 풍광의 아름다움을 노래하기보다는 그곳의 역사적 의미를 짚어본다. 예를 들면 이런 시다.

오키나와 섬의 종군 위안소
평일에는 장교들이
주말에는 사병들이
줄지어 늘어서던 초가집
그녀들이 빨래를 하고 들어갈 때면
늘 부르던 노래 구슬픈 노래
"아리랑 아리랑 아라리요"
이제 그들은 모두 죽고
현지 노인들이 전해주는
조선인 종군 위안부들의
한 서린 노래 아리랑

-「오키나와 기행」 부분

경치 좋은 데 가서 사진 찍고, 맛있는 이국의 음식을 먹고 오는 관광이 아니다. 시인은 오키나와에 가서 일본군 위안소를 보았다. 그곳에서 끔찍한 일을 당한 조선인 여성들의 한을 생각하였다. 베트남의 다낭에 가서는 "네이팜탄이 쏟아지던 도로에서/ 불이 붙은 옷을 벗어 던지고/ 알몸으로 울부짖으며 달려오던/ 베트남 소녀"를 생각하였다. "오늘 그녀의 아들 또래는 가이드가 되어/ 한국인 관광객들을 안내하고/ 그녀의 딸 또래는 마사지숍에서/ 한국인 관광객들에게 마사지를 한다"(「다낭의 바다」)고 하면서 완전히 달라진 이런 현실에서 착잡한 심정에 사로잡히기도 한다.

손자를 키우면서 느끼는 노년의 기쁨도 노래하고 있다. 잠언 같은 시가 많이 보인다. 인생을 관조하고 세상을 포용하는 넓은 정신이 시를 쓰는 동력이 된다. 돌이켜보면 아등바등 살아왔다고 생각되는데, 이제는 많은 것을 내려놓고 생의 의미를 궁구해보려고 한다.

알함브라에서 보았다
역사는 힘에 의해 지배된다는 것을

알함브라에서 보았다
인因은 과果를 낳는다는 것을

알함브라에서 보았다
예술은 역사보다 길다는 것을

-「알함브라 궁전의 추억」 전문

시인은 나름 산전수전을 다 겪어보았던 것이다. 언론인으로 살아왔기 때문에 보통사람들보다는 더 많은 것을 현장에서 보고 듣고 느꼈을 것이다. 많은 사람을 만나고 많은 사건을 겪었을 것이다. 역사는 힘에 의해 지배되고, 인因은 과果를 낳고, 예술은 역사보다 길다는 것을 알았을 것이다. 시인의 근년의 사색이 집약된 시가 있다.

제가 무엇이라고
이렇게 긴 수명을 주시는
고마운 하느님
가지가지 아픔도 겪게 해주시는
무서운 하느님
육신에서 힘을 빼어가시고
마음에서 추억을 가져가시고
이제는 온몸을 채찍으로 후려치시니
오래 산 벌을 받는 것인지
얼마나 더 고통을 겪어야
누더기 같은 영혼
거둬가실지
사랑으로 가득하신 하느님
미운 하느님

-「대상포진」 전문

하느님은 고맙기도 하고 무섭기도 하고 밉기도 하지만, "사랑으로 가득하신" 분이다. 팬데믹이라는 크나큰 시련을 주었지만 우리 인간은 결국 이 시련을 극복해낼 것이다. 좋은 일이 있으면 나쁜 일이 있고, 슬픈 일이 있으면 기쁜 일이 있는 것이 인생이다. 조금이라도 더 가지려고 하지 말고

가족이나 이웃과 함께, 나누고 베풀며 살아가고자 하는 마음이 제3부의 시편 곳곳에서 느껴진다. 이 가공할 환난의 시대에 지혜의 말씀을 들려주신 유자효 시인께 감사한다.

# 신라행 新羅行

지은이 · 유자효
펴낸이 · 유재영
펴낸곳 · 주식회사 동학사

1판 1쇄 · 2021년 3월 1일
출판등록 · 1987년 11월 27일 제10-149

주소 · 04083 서울 마포구 토정로53 (합정동)
전화 · 324-6130, 324-6131 | 팩스 · 324-6135
E-메일 | dhsbook@hanmail.net
홈페이지 | www.donghaksa.co.kr
www.green-home.co.kr



ISBN 978-89-7190-774-0 03810